KB076112

웃는 연습

# 웃는 연습

박성우 시집

창비

차
례

## 제3부

## 제4부

## 제 1 부

# 개구리

커진 입이 나를 뛰게 한다

# 칫솔과 숟가락

내 속을 가장 잘 아는 이는 칫솔과 숟가락이다

# 뱀

내 몸이 길어져서 짧은 하루였다

# 회사원

대지도 알약 하나를 삼키듯 하루해를 넘긴다

# 카드 키드

카드가 사준 정장을 입고
카드가 사준 구두를 신은 출근길은 벅차다
어쩌다 카드가 사주는 저녁은 근사하고
카드가 큰맘 먹고 들여준 침대는 푹신하다

카드가 현금서비스 해준 축의금을 들고 다녀오는
직장 동료의 결혼식은 처연하게 찬란하다
입사 삼년 차 카드 키드,
야근에 지쳐 귀가하는 밤은
카드가 카드론으로 얻어준 원룸이 있어 아늑하다

카드 키드가 되기 위한 지난날은 아름다웠다
스펙에게 내준 대학생활은 교양 없이 품위 있었고
자기소개서 속으로 들어간 스펙은 뻔뻔하게 자랑스러
웠다
서류 전형에서 번번이 떨어지던 입사시험,
처음으로 면접 통보를 받던 날은
팬파이프 같은 빛이 눈앞으로 쏟아져내리는 것 같았다

카드가 사주는 패스트푸드는 먹을 만하고
카드가 지켜주는 직장생활은 아직 견딜 만하다
정기적금을 해약해 카드에게 이체하고 남은 돈,
지방에 사는 양친께 부쳐드리던 손은 대견하다

월급날 받은 급여는 어김없이 카드에게 옮겨간다
'언제 취직할 거니'를 지나 '언제 결혼할 거니'까지
기적적으로 와 있는 카드 키드, 카드는
희망 복근을 키워보는 건 어떠냐며 헬스클럽을 권유한다

# 쇼핑백 출근


입 다물고 살든
입 벌리고 살든

속 비우고 살든
속 챙기며 살든

언제 끈 떨어질지 모른다

# 마흔

거울을 본다 거울을 보다가 거울 속으로 들어가 거울을 보고 있는 사내를 본다 광대뼈가 불거져나온

마흔의 사내여, 너는 산다 죽을 둥 살 둥 살고 죽을 똥 살 똥 산다 죽을 똥을 싸면서도 죽자 사자 산다 죽자 사자 살아왔으니 살고 하루하루 죽은 목숨이라 여기고 산다 죽으나 사나 산다 죽기보다 싫어도 살고 죽을 고생을 해도 죽은 듯이 산다 풀이 죽어도 살고 기가 죽어도 살고 어깨가 축축 늘어져도 산다 성질머리도 자존심도 눌러 죽이고 산다 죽기 살기로 너를 짓눌러 죽이고 산다 수백번도 넘게 죽었으나 죽은 줄도 모르고

늦은 밤 거울 앞에 앉은 사내여, 왜 웃느냐 너는 대체 왜 웃는 연습을 하느냐

## 짜장면과 케이크

마을버스 정류장 모퉁이에 구둣방이 있다
한사람이 앉을 수는 있으나
누울 수는 없는 크기를 가진 구둣방이다

늦은 점심을 먹고 구둣방에 갔을 때였다
구둣방 할아버지는 수선용 망치로
검정 하이힐 굽을 두드리고 있었는데
웬일인지 구둣방 귀퉁이에
짜장면 빈 그릇 세개가 포개져 놓여 있었다

어, 이거? 구둣방 할아버지는
위쪽 빵집 젊은 사장과
아래쪽 만두가게 아저씨가 와서
짜장면 송년회를 해주고 갔다고 했다
구둣방이 좁아 둘은 서서 먹고
구둣방 할아버지는 앉아서 먹었단다

구둣방 왼편에 놓인 서랍장 위에는
케이크 한조각이 얌전히 올려져 있었다

검정 구두약 통 두개와
한뼘 반 정도 거리를 두고 있는
하얀 생크림 케이크 한조각,
누가 놓고 간 거냐고 묻지 않아도
누가 놓고 간 것인지 알 수 있는

아내의 구두를 구둣방에 맡긴 나는
빵집으로 가서 빵 몇개를 골라 나왔다
아내의 구두를 찾아갈 때는
만두가게에 들러봐야겠다고
생각해보는 것만으로도 세밑이 따뜻해져왔다

# 넥타이

늘어지는 혀를 잘라 넥타이를 만들었다

사내는 초침처럼 초조하게 넥타이를 맸다 말은 삐뚤어지게 해도 넥타이는 똑바로 매라, 사내는 와이셔츠 깃에 둘러맨 넥타이를 조였다 넥타이가 된 사내는 분침처럼 분주하게 출근을 했다

회의시간에 업무 보고를 할 때도 경쟁 업체를 물리치고 계약을 성사시킬 때도 넥타이는 빛났다 넥타이는 제법 근사하게 빛나는 넥타이가 되어갔다 심지어 노래방에서 넥타이를 풀었을 때도 넥타이는 단연 빛났다

넥타이는 점점 늘어졌다 넥타이는 어제보다 더 늘어져 막차를 타고 귀가했다 그냥 말없이 살아 넌 늘어질 혀가 없어, 넥타이는 근엄한 표정으로 차창에 비치는 낯빛을 쓸어내렸다 다행히 넥타이를 잡고 매달리던 아이들은 넥타이처럼 반듯하게 자라주었다

귀가한 넥타이는 이제 한낱 넥타이에 불과하므로 가족

들은 늘어진 넥타이 따위에 아무런 관심도 없었다

# 겨울 안부

아직은 추운 겨울이다

아내와 딸을 앞세우고 처가로 가서
장인 장모께 넙죽 큰절부터 올린다
두 손 모아 고개 숙이고
정중히 무릎 꿇어 올리는 큰절,

여직 나는 처가에 갈 때마다
단 한번도 어기지 않고 큰절 올린다
갓 난 딸애를 장모께 맡겨
일주일에 서너번 넘게 처가에 갔을 때도
처가에 들어설 때마다 큰절 올렸다

그러고 보니 나는 여태
처가에 가서 술 한잔 마시지 않았다
술이라면 크게 밀리지 않는 나지만
처가에서만큼은 술을 입에 대지 않았다
처음 인사 갔을 때부터 지금껏
나는 시인 사위이므로 술 마시는 모습만큼은

장인 장모께 보이지 않는다

이것은 가식이어도 좋고
장인 장모를 안심시키기 위한 술책이어도 좋다
아직은 아니고 삼월 일일 자로 처리될 것 같아요,
일터에 사직서 내고 처가에 안부 인사 다녀와

막 잠이 든 아내와 딸의 이마를 쓰다듬어본다

# 엄마아

　일 나간 엄마가 집에 없다는 걸 알면서도 '엄마!' 하고 집으로 뛰어들던 조무래기들은 그새 커서 빈집 같은 엄마 아빠가 되어 빈집보다 컴컴하게 아득해질 때면 들릴락 말락 혼잣말로 불러보네 엄마아!

## 제 2 부

# 중요한 일


딸, 뭐 해?


응, 파도 발자국을 만져보는 거야!

# 행복한 옥신각신

집이 누구 지시오? 집이 누구 지시오?

바깥일 보고 잠깐 쉬러 집에 오니,
아흔 넘은 가춘할매가 나를 찾는다

집이는 밤낭구랑 대추낭구 읎지?

멫번을 옥신각신하다가
밤 여남은개와 대추 한알만 받고
가춘할매 겨우겨우 돌려보낸다

# 옥수수 비

푹푹 찌는 초가을 오후, 비가 친다
마당가 옥수수 이파리가 휘청인다

일을 잠시 멈춘 나는 컴퓨터를 꺼
소음 줄이고 빗소리 볼륨을 높인다

창틀에 기대앉아 눈을 까막까막,
옥수수 빗소리를 몸 안으로 들인다

먼 오토바이 소리가 점점 커져
대문 없는 우리 집 마당으로 들어온다

우편물을 들고 처마로 드는
우체부에게서 찐 옥수수 냄새가 난다

등기우편물 전해주고 가는 우체부
오토바이가 호두나무 골목으로 꺾인다

젖은 우편물을 뜯어보는 동안

우체부 오토바이 소리는 아주 멀어진다

빗소리 볼륨을 줄여보던 나는
비를 끄고 찐 옥수수 냄새를 켜본다

# 콩

유월 여드레, 좀 늦긴 했으나
콩을 대여섯알씩 텃밭에 묻었다

들락거리는 멧비둘기가 많아
콩을 한두알씩 더 보태 심고는
텃밭 위 이팝나무와 화살나무 사이에
대나무 장대 걸고 빨래를 걸어두었다

빨래는 성실한 허수아비가 되어
멧비둘기가 오는 것을 몇날이나 막았다

콩은 떡잎을 벌리는가 싶더니
줄기와 새순을 다부지게 밀어올렸다
올해는 콩 농사 제법이겠구나,

밤마다 고라니가 내려와 연한
콩 순만 골라 똑똑 따 먹고 갔다

순을 죄 뜯긴 콩 줄기는

그야말로 볼품없이 앙상해 보였다
그렇다고 해도 어찌할 방법은 없었으나,

장맛비가 지나갔고 못 봐주겠던 콩은
곁줄기를 두배로 뻗어 무성해졌다

어느 폭설 밤에 고라니가 찾아와
콩 순을 따 먹은 게 아니라 밤마다
콩 순지르기를 하고 간 거라고, 끄먹끄먹

밀린 품삯을 내놓으라 하면 나는
콩을 몇됫박이나 퍼주어야 하나?

# 꾀꼬리

새 이웃이 생겼다 며칠 집을 비운 새에
꾀꼬리가 텃밭 옆 느티나무로 이사 와 있다

마당 이팝나무를 찍고 제집으로 들 때도
은행나무와 회화나무 사이 하늘을 날 때도
몸을 싸고 있는 노란색이 참외처럼 선명했다

꾀꼬리는 맑고 높은 음을 가진 새이니
참외 씻는 소리처럼 시원시원한 새소리를
여름 내내 실컷 들을 수 있겠구나 싶었다

한데 웬걸, 늦은 고추모종 얻어다 심다 말고
방에 들어 잠깐 낮잠 좀 붙이려던 때였다
뺀질이 성 뺀질이 성 빼빼 뺀질이 성우,
꾀꼬리는 무례하게 내 심기를 건드려왔다
풀 뽑다 감나무 밑에 들어 좀 쉬려 할 때도
마을 가꾸기 울력에 좀 늦게 나갈 때도
꾀꼬리는 내 일거수일투족을 보고 있는 듯
뺀질이 성 뺀질이 성 빼빼 뺀질이 성우,

떠들어댔다 앞마당 화살나무에 앉아서도
수돗가 옆 늙은 산벚나무에 붙었다 가면서도
뺀질이 성 뺀질이 성 삐삐 뺀질이 성우,
약 올려댔다 참견 말고 니 일이나 하셔!
헛웃음 지으며 마당으로 나가 한소리 해대도

꾀꼬리는 신경 쓰지 않고 가장 높은 음으로
뺀질이 성 뺀질이 성 삐삐 뺀질이 성우,
뺀질뺀질한 나를 뺀질거리지 못하게 했다

# 일반슈퍼 일반 여름

일반적인 슈퍼이나 일반적인 슈퍼만은 아닌
슈퍼가 있다 노란 바탕에 빨간 글씨로 쓴
'일반슈퍼'라는 간판을 내건 면 소재지 슈퍼,
올 들어 가장 덥다는 칠월 오후 핑계 대고
일반적인 슈퍼와 달리 어제처럼 작심하고 한가하다

이 일반슈퍼 지붕은 일반적인 슈퍼 지붕과 달리
낮은 슬레이트 지붕 위에 차광막을 두르고 있다
귀한 인삼밭에나 치는 검은색 차광막을
여름이 오기도 전부터 지붕 전체에 둘러쳐둔
일반슈퍼 주인은 일반적인 슈퍼 주인과 달리
피서를 나온 듯 한가로이 누워 더위를 피한다

'청과류 일체'라는 썬팅지가 붙은 미닫이문
앞 앵글 판매대에는 꼭지 시든 수박이 놓여 있다
뜨거워 죽을 것 같은 여름엔 수박이면 그만이지
따로 무슨 과일이며 채소 같은 게 필요하겠느냐고
청과류 일체를 대표해 수박 세덩이만 달랑 나와 있다

면 소재지 다 털어봐야 몇십가구 되지도 않아
드나드는 손님이 아무리 뜸하다 하여도
이 일반슈퍼는 여타 일반적인 슈퍼와 달리
밖에 서서 손님을 기다리는 종업원을 두고 있다

친절하고 싹싹하고 예의 바르고 품 괜찮기로 소문난
이 버즘나무 종업원은 나이가 좀 들긴 했어도
어서 오십쇼 안녕히 가십쇼, 하는 깍듯한 자세를
여름 내내 시원시원 취하지 않은 적 없다

# 금수양반

가죽나무 그늘 질겨지는 오뉴월 마당에 든다

한동안은 일터에서 돌아와 쉬는 집이었으나 이제는 근근이 시 짓는 시늉 할 때나 쓰는 여덟평 조금 넘는 집, 메뚜기처럼 뛰어다니며 살다가 두어달 만에야 들어보니 풀들이 자기들 앞으로 무단 등기이전을 해갔다 마당 풀들에게 집을 뺏긴 나는 도무지 엄두가 나지 않아 물러설 수밖에 없다

책 두어권 겨우 빼서 뒤로 물러섰던 나는 안되겠다 싶어 예닐곱일 뒤에 다시 풀들의 집을 찾는다 한데, 누군가 마당 풀을 야무지게도 깎아놓았다 화장실 바깥벽과 가죽나무 둥치 타고 오르던 환삼덩굴까지 말끔하게 걷어내었다 수소문해보니 금수양반이란다 같은 동네 사람이라는 건 알지만 사는 집이 어딘지도 모르는 금수양반, 인근 면 소재지로 나가 돼지고기 두근 끊고 막걸리 세병 사서 금수양반 집을 물어물어 찾아간다

핫따매 벨것도 아닌디 머덜라고 이런디야, 몇해 전 늦봄

36

에 소로 쟁기질할 때 내가 식혜 캔 음료를 사다 준 게 고마
워서 예초기로 풀을 쳐주었단다 글고 자네는 시인이잖여,
무단으로 등기이전을 해간 오뉴월 풀에게서 집을 찾아준
금수양반은 커피라도 한잔하고 가라며 손을 잡아끈다

초저녁 막걸릿잔 기울이다 스무살도 더 차이 나는 성님
을 새로 얻게 된 나는, 금수성님 배웅받으면서 집으로 간다

# 돌을 헐어 돌을

십여년 동안 쌓은 돌탑을 헐어낸다

마당 귀퉁이에 달팽이처럼 둥글게
감아두었던 돌을 빙 돌아가며 풀어내
계곡 쪽, 집 가장자리로 당겨간다
허물어낸 돌을 길게 늘어뜨려
축대 겸 돌담으로 다시 차곡차곡 높인다

골짝 물소리는 쉬이 돌돌 넘어오고
골짝 물은 어지간하면 못 넘어오게
큰 돌은 양 바깥으로 괴어 올리고
자잘한 돌은 안쪽에 촘촘 채워넣는다

혹여 큰비 칠 때 내려올지 모를 큰물이
부득불 우리 집에 들렀다 가야겠다고
막무가내로 밀고 들어오려 하면
그러지 말고 자네 갈 길 가시게나,
등 토닥여 돌려보낼 만큼 돌을 얹는다

어쩐지 허전하고 서운키는 하더라도
정 없이 아주 매정해 보이지는 않게
돌탑 허물어, 큰 돌은 불끈 안아 나르고
자잘한 돌은 대야에 담아 옮겨 쟁인다

이 돌들은 대체로 돌밭을 일굴 적에
하나둘 캐낸 것들인데 여기에는
땀이 아닌 오기로 나를 갈아엎을 때
작심하고 빼낸 돌덩이 몇도 섞여 있다

무거운 생각들은 계곡 아래로 굴리고
가뿐한 생각들은 계곡 위로 올리면서

흥얼흥얼 끙끙 돌을 헐어 돌을 쌓는다

# 지네

자다가 지네에 눈을 물렸다 한움큼 바늘이 눈을
찔러대는 것 같은 통증이 불규칙적으로 몰려왔다
벌겋게 부어오른 눈두덩, 왼쪽 눈이 반쯤 감겼다

큰형은 자다가 거시기를 물린 적이 있다고 했다
엄청 세졌겠는데? 농을 던지기도 하면서
지네 퇴치에 관한 정보를 큰형에게서 얻어냈다
지네는 건조한 거에 약해, 습기제거제를 사다가
방에 까두고는 여름 난방까지 더해 습기를 뺐다
나프탈렌 그거 효과 있대, 면 소재지 슈퍼에 있는
나프탈렌을 털어 사다가 방 안팎으로 던져두었다

지네는 닭하고 상극이여, 동네 어르신이 시킨 대로
암탉과 수탉을 섞어 구해 마당에 풀었다 하지만
말썽을 어지간히 피워대서 더는 키울 수 없었다
지네는 닭뼈라면 환장한다닝께, 닭뼈 넣은
항아리를 집 주위에 묻어 잡으라 했지만 내가 굳이
동네 지네 모두를 집으로 끌어들일 필요까진 없었다

혹시나 해서 백반도 뿌려보고 붕산도 뿌려봤다
누구는 삼백초가 효용 있다며 삼백초를 가져왔다
누구는 농약사에 가면 살충제가 쎄고 쎘다고 했다
지네 퇴치약을 사다 선을 그어가며 칠해도 보고
바퀴벌레약도 두어통씩 사다가 살포해봤다
바퀴벌레약이 떨어졌을 땐 아쉬운 대로 모기약을
난사해두기도 했지만 잊을 만하면 지네가 나타났다

# 다정다한 다정다감

내 어머니도 '김정자'고 내 장모님도 '김정자'다
내 어머니는 정읍에서 정읍으로 시집간 김정자고
내 장모님은 봉화에서 봉화로 시집간 김정자다
둘 다 산골짝에서 나서 산골짝으로 시집간 김정자다

어버이날을 앞둔 연휴가 아까운 터에
봉화 김정자와 함께 정읍 김정자한테로 갔다
봉화 김정자는 정읍 김정자를 위해
간고등어가 든 도톰한 보자기를 챙겼다
정읍 김정자는 봉화 김정자를 위해
시금시금 무친 장아찌를 아낌없이 내놓았다

정읍 김정자는 봉화 김정자 내외에게
장판과 벽지를 새로 한 방을 내주었으나
봉화 김정자는 정읍 김정자 방으로 건너갔다
혼자 자는 김정자를 위해
혼자 자지 않아도 되는 김정자가
내 장인님을 독숙하게 하고
혼자 자는 김정자 방으로 건너가 나란히 누웠다

두 김정자는 잠들지도 않고 긴 밤을 이어갔다
두 김정자가 도란도란 나누는 얘기 소리는
아내와 내가 딸과 함께 자는 방으로도 건너왔다
죽이 잘 맞는 '근당게요'와 '그려이꼐'는
다정다한한 얘기를 꺼내며 애먼 내 잠을 가져갔다

달그락거리는 소리에 눈을 뜬 이른 아침,
한 김정자는 쌀 씻어 솥단지에 밥 안치고
한 김정자는 화덕불에 산나물을 삶고 있다

# 꽃무늬 남방

시골집에 드니 노모는 없고
새빨간 장미꽃만 대문 타고 올라 피어 있다

어머니, 대문에 꽃무늬 남방 걸쳐놓고 어디 가셨어요?

## 소년에게

소년이여, 작은 창 열고 나와 소녀에게 목도리를 둘러주
어라 여름부터 와 있었을 소녀에게 스웨터를 내주어라 행
여라도 털장갑은 내주지 마라 소녀를 자전거 뒤에 태워 그
대 점퍼 주머니에 손을 넣게 하라

# 보리

초등학교 삼학년이 되는 딸애가
앞으로는 용돈을 좀 달라 한다
얼마나? 으음 한 삼천원쯤,
한달에? 아니 일주일에!
월요일 아침이면 어깨 으쓱이며
아비 노릇 하는 재미 쏠쏠하다

딸, 이거 웬 보리야?
응, 보리긴 보린데 물만 주면 자라는 보리야
딸애는 용돈으로 투명 용기에 담긴
보리를 사서 베란다 쪽 창가에 둔다
이거 키워서 보리차도 하고 보리빵도 할 거야
내 말 잘 들으면 아빠 맥주도 만들어줄게!

투명 용기에 담긴 보리를 세어보니
대충 오십여알이다 와, 싹이 제법 나네?
딸애가 물 주는 걸 깜빡할 때는 물을 줬고
볕이 좋을 때는 투명 용기를 베란다에 내놓았다

봄볕 받고 자란 보리는 어느덧 싹을 베어
보리된장국을 끓여 먹어도 좋을 만큼 자랐다
더 놓아두면 누렇게 타들어가 죽겠구나,
시골집 내려가는 길에 보리싹을 챙겨갔다

마늘과 대파가 자라는 텃밭 가장자리에
베란다에서 키운 보리를 옮겨 심는다
딸애는 호미로 땅을 파 보리를 옮겨 심고
나는 어린 딸애에게 농사나 시키는 아비 되어
일절 손 보태지 않고 순전 입으로만
물까지 흠뻑 주고 나서야 손을 턴다

잘 자라라 보리야, 무럭무럭 자라
보리차도 되고 보리빵도 되고
아빠 맥주도 되거라

# 잠

새벽 다섯시를 넘겨서야
겨우 원고 넘기고, 눈을 붙인다

쾅쾅, 날이 훤헌디 여직 안 인났능가?
남안할매가 제사떡 봉다리 주고 가신다
비몽사몽 여섯시, 웬 백설기? 봉다리를
열어보던 나는 곧바로 떨어져 눕는다

쾅쾅쾅, 하이고 어쩐디야
하튼, 늘그면 주거야 혀!
한 삼십분이나 있다 다시 오신 남안할매는
빨랫비누 봉다리 가져가고
진짜 제사떡 봉다리 주고 가신다

다시 쾅쾅, 여직 자는가 어쩌는가?
생전 안 오시던 종기양반이다
흠흠, 급헝게 근디, 한 오마넌 있능가?
아침 일곱시 조금 넘은 시간,
삼만원밖에 없어 삼만원을 드린다

다시 쾅쾅쾅, 어이 쪼깐 문 좀 열어봐 잉!
아침 아홉시가 조금 못된 시간,
팽나무집 종기양반이 다시 오셨다
잃어버린 줄로만 알았던 지갑을
어찌어찌하여 찾았다며 웃으신다
하이고 미안혀서 워찍혀
미안허기는 뭐시 미안혀요,
꿔갔던 삼만원 돌려주고 가신다

누우면 깨우고 누우면 깨우고
누우면 깨우고 누우면 깨우고
했던 잠이 아예 나가,
붕 뜬 하루를 붕붕 떠서 보낸다

# 두뼘 가까이

긴 비가 그쳤다 포도넝쿨은
두발짝이나 더 발을 뻗었고
오동나무는 한뼘 반이나 더 키가 컸다
는 오년 전 메모를 발견했다

참 오랜만에 편지를 썼다
아빠 배꼽 높이만큼 자란
딸애에게 연애편지를 썼다
는 말도 메모지 뒤편에 적혀 있다

똑똑, 딸애 방에 들어가본다
숙제를 하고 있던 딸애가 반긴다
딸애를 일으켜 앞에 세우고
아빠 키 줄자로 키를 재어본다

배꼽 눈금에 닿던 딸애 머리끝이
가슴 눈금을 거뜬히 지나고 있다
아빠 반칙으로 껴안아 키를 재면
머리칼이 턱밑 눈금에 간질간질 닿는다

혹여 누군가 내게
당신은 대체, 지난 오 년 동안
한 게 뭐냐고 따지듯 물어온다면
좋겠다, 생각하면서 허릴 펴고는

배꼽부터 턱밑까지의 거리를
한 뼘 두 뼘 재어보는 것인데
이번엔 아빠 반칙 없이
원칙대로 재어본다고 재어보는 것인데,
자꾸만 턱끝이 추켜올려진다

# 오디

오디가 꺼먹꺼먹 꺼멓게 익는 유월이다

이장 오래 지낸 강주양반은
손 야무진 마을 할매들을 놉으로 얻어
이른 아침부터 산비탈 뽕나무밭으로 갔다

할매들이 부지런 떨며 따고 있을 오디,
상자에 담아 나를 손이 여간 아쉽다기에 나는
국수 삶아 아침나절 새참 내가는
강주댁 따라 산비탈 뽕나무밭에 오른다

허리가 그냥저냥 펴지는 할매들은
윗가지에 더덕더덕 붙은 오디를 따고
허리가 영 시원찮은 할매들은
아랫가지에 대글대글 달린 오디를 딴다

할매들은 그새 야무진 손놀림으로
다디달게 익은 오디를 오지게도 따놓았다
강주양반이 사닥다리를 대고 올라도

손이 닿지 않는 늙은 뽕나무 오디는
바닥에 깔아놓은 오디망 위로 곧 떨어지겠다

하나같이 머리에 수건을 두른 할매들은
뽕나무 그늘에 들어 국수를 후룩거리고
아직 일이 손에 익지 않은 나는
강주양반 친근한 간섭으로 힘을 내며
할매들이 따놓은 오디를 상자에 담아 옮긴다

꺼멓게 익은 오디맹키로 꺼멓게 익은 얼굴이
아조 꺼메지도록 되게 오디를 따다 갈 할매들,
빈 국수 그릇 내려놓고 하나둘 몸을 일으킨다

# 우리 마을 일소

황순이 가고 황순이 왔다
늙다리 일소 황순이는 가고
힘센 새 일소 황순이가 왔다

일소는 겨우내 몸을 풀어놔야
봄에 비탈밭을 너끈히 갈 수 있다

오늘이 닷새째, 우리 마을
새 일소로 당당히 낙점된
이천십오년 삼월생 황순이가
가짜 쟁기를 달아 끌며
금수양반과 함께 밭갈이 연습을 한다

송아지는 아니고 그렇다고
아직 다 큰 암소도 아닌 황순이,
일곱배나 새끼를 치고 물러난
늙다리 일소 황순이 대를 이어서
이 마을 비탈밭을 책임질 터이다

노고를 다한 일소는 대체로
팔지 않는다 고요해질 때까지
함께하다가 고이 묻어준다
노닥노닥 끙끙, 새 일소 황순이가
마을길을 네바퀴째 돌아나온다

오늘까지는 다섯바퀴를 돌고
내일부터는 한바퀴를 더해
여섯바퀴를 채울 참이다
아먼, 절대 무리허먼 못써!

연습은 황순이가 했는데
몸살은 금수양반이 났다

# 풀

마을길 풀깎기 울력이 있으니
남자들은 예초기를 들고 나오라는
이장님 방송이 나온다

아침 여섯시가 못되었으나
그새 왱왱 왱왱왱 웽웽 웽웽웽,
예초기 돌아가는 소리 요란하다

오늘은 남자들만 울력을 하는 날,
애초부터 예초기도 없고
예초기를 돌릴 줄도 모르는 나는
여느 때처럼 빗자루 들고 나간다

두어해 전까지만 해도 나처럼
빗자루를 들고 나오는 노인이
두셋은 더 있었다 하나 이제는
먼저 가거나 아주 쇠하여,
이 마을에 남은 빗자루꾼은 나 하나다

핫따 일찍 나오셨네요 잉, 인사를 건네면
마을 어른들은 고개를 끄덕끄덕 씨익,
아, 안 나와도 된디 머덜라고 나왔디야!
하며 돌리던 예초기 돌려 풀을 깎는다

금수양반 종연이양반 바우양반
이장님 전 이장님 전전 이장님
예초기 뒤를 번갈아 따르며
길 안쪽으로 퉁겨진 풀을 쓸어낸다

등허리 축축하게 길을 쓸고 집으로 들다보니
안 쳐도 되는 우리 집 마당 앞 풀을
누군가가 참 깨끗하게도 싹싹, 쳐두었다

# 고추, 우선 도로

볕 따가운 오후에 집으로 든다

널찍널찍 널린 붉은 고추가
집으로 드는 길을 막고 있다

아, 그새 고추 딸 때가 되었구나,
집으로 드는 길목에서
후진으로 차를 뺀 나는
고추가 차지하고 있는 길
가장자리로 걸어서 집으로 든다

그래, 가을엔 고추가 우선이지
해마다 이맘때 길은 고추의 것,
고추가 십년 넘게 이 길을 써왔다

그래, 우리 집으로 드는 길목은
옅은 경사가 있어 볕이 그만이지
우리 집으로 드는 길목에는
우리 집밖에 없어 딱히

누군가 들락거릴 일도 없지

아 참, 한사람 있기는 있다

우체부 아저씨도 당분간은
고추 앞에서 오토바이를 세우고
조심조심 걸어들어와
편지함에 우편물을 넣고 가겠다

# 어떤 방문

참, 귀하고 고마운 일이다

날도 찬디
글 쓰느라 얼매나 욕보냠서
양서운 부녀회장님과
권영희 총무님이 다녀가신다

뭐라도 자셔감서 일허라고
과일 보자기 두고 가신다
보자기에는 귤과 사과와
바나나 댓개가 섞여 들어 있다
배웅은 무신 배웅이어라우,

달을 내 대신 따라나서게 하고
마당에 쭈뼛쭈뼛 서서
멀어지는 발소리 훤히 듣는다

달을 문 강아지와
달의 눈을 한 두루미와

달 플래시를 든 너구리,
구름이 차례로
아주 멀어진 발소리를 따라가다
사라지는 걸 본다 내일은

되야지괴기 댓근 끊어서
마을회관엘 다녀와야겠다

# 고마운 무단침입

별일은 아니었으나 별일이기도 했다

허리 삐긋해 입원했던 노모를
한달여 만에 모시고 시골집 간다

동네 엄니들은 그간,
시골집 마당 텃밭에 콩을 심어 키워두었다
아무나 무단으로 대문 밀고 들어와
누구는 콩을 심고 가고 누구는 풀을 매고 갔다

누구는 형과 내가 대충 뽑아
텃밭 옆 비닐하우스에 대강 넣어둔
육쪽마늘과 벌마늘을 엮어두고 갔다

어느 엄니는 노모가 애지중지하는
길 건너 참깨밭, 풀을 줄줄이 잡아
하얀 참깨꽃이 주렁주렁 매달리게 했다

하이고 얼매나 욕봤디야,

누가 더 욕봤는지는 알 수 없으나
노모도 웃고 동네 엄니들도 웃는다
콩잎맹키로 흔들림서 깨꽃맹키로 피어난다

가만히 지켜보던 나는
동네 엄니들의 고마운 무단침입이나
소상히 파악하여 오는 추석에는 꼭
어린것과 아내 앞세우고 가 대문 밀치리라,
마늘쪽 같은 다짐을 해보는 것인데

노모와 동네 엄니들은
도란도란 반갑게 얘기하다가도 마치
짜기라도 한 듯 나를 보면서 한결같이

여간 바쁠 턴디, 어여 가봐야 할 턴디,
그리도 밥은 묵고 가야 할 턴디, 한다

# 염소

방성골양반이 산기슭에 울타리를 치고는 시험 삼아 예 닐곱마리 염소를 풀어 먹였다

널찍한 울타리 안에서 야생이 되어가던 염소들은 진짜 야생을 선언하고 울타리를 뚫고 나가 산으로 들어갔다 허 망한 일이었지만 고삐도 없이 여름 산속으로 들어가버린 염소를 어찌할 방도도 없었다 방성골양반이 겨우 쓰린 속 을 달랠 즈음, 산에서 날뛰던 야생 염소가 시도 때도 없이 내려와 산비탈 근처 고구마밭을 엉망으로 만들었다 야생 염소 때문에 못살겠다는 아우성이 하루가 멀게 터져나왔 지만 애먼 고구마값까지 물어줄 판이 된 방성골양반은 내 염소라는 증거가 어디에 있냐며 딱 잡아뗐다

참다못한 고구마밭 주인이 포획 전문가를 불러와 야생 염소 두마리를 잡던 날, 방성골양반이 단걸음에 달려와 따 져댔다 핫따, 아무리 봐도 내 염소가 틀림없응께 내가 가 져갈라네

# 논 거울

고향 마을에 들어 내가 뛰어다니던 논두렁을 바라보니
논두렁 물도 나를 물끄러미 바라보았다

사내의 몸에서 나온 소년이 논두렁을 따라 달려나갔다
뛰어가던 소년이 잠깐 멈춰 서서 뒤를 돌아봤다

논두렁 멀리 멀어져간 소년은 돌아오지 않았고 사내는
그만 돌아가야겠다고 생각했다

## 제 3 부

## 오래된 습관

지난 초겨울, 별다른 기별 없이
시골집 마당에 들어섰을 때였다

하이고 밥 없는디 어쩐다냐,
노모는 멀쩡한 싱크대 수도 놔두고
마당 수돗가로 후다닥 나와
찬물로 찰찰, 쌀을 씻으셨다

# 겨울 목련

지그재그 지그재그 새소리 재즈를 들으며 지그재그 지
그재그 즉흥 스텝을 밟으며 지그재그 지그재그 겨울을 건
너 봄으로 가네 지그재그 지그재그 지그재그 재즈재즈 재
즈재즈

# 조팝꽃무늬 천

조팝꽃무늬가 새겨진 강물 두어필을 오려왔다

물에 젖은 조팝꽃무늬 천은 무거웠으나
일년을 꼬박 기다려 얻은 귀한 천이므로
올이 나가거나 구김이 가지 않게 조심조심 다루었다

흰나비 팔랑거리는 소리와
벌 윙윙거리는 소리까지 선명하게 새겨진
조팝꽃무늬 천을
볕 좋은 앞마당 빨랫줄에 널고는
대나무 바지랑대를 단단히 받쳐주었다

천에서는 조팝꽃 냄새가 뚝뚝 흘러내렸다
저렇게나 많은 냄새를 어떻게 머금고 있지?
그냥 두기엔 너무 아까워서 그 밑으로
양동이며 바가지며 양은냄비까지 줄줄이 밀어넣어
연신 떨어지는 조팝꽃 냄새를 몇동이고 받아내었다

이 조팝꽃무늬 천은 주로 고급 커튼용으로 나간다

실은, 이 정도면 부르는 게 값이다 하지만 나는
오늘 얻은 천을 내다 팔지 않을 생각이다
조팝꽃무늬 손수건을 만들어 고루 나눠줄 참인데
덤으로 조팝꽃 향수도 서너개씩 얹어줄 셈이다 다만,

조팝꽃이 뭐냐고 물어오는 사람에게는
결코 내주지 않을 작정이다

# 찔레꽃가뭄

흙먼지 풀풀 날려도 오월 풀은 풀풀 자란다

마른 목 길게 뺀 채 퍼질러앉은 찔레는
바짝바짝 타들어가는 입에 가시가 돋아도
잔기침 하나 없이 하양 찔레꽃을 하냥 피운다

못자리 모판 빽빽하게 웃자란 모는
네댓새 내로 모내기하지 않으면 죄 타죽어
나갈 형편이라 수낫골양반 속은 이미 천불이다

찔레꽃가뭄은 하늘도 어찌하지 못하지만
위뜸 수낫골양반은 식전부터 삽을 들고 나와
열댓바가지 물이나 고인 골짝 웅덩이에 양수기를 댄다
퍼올리고 말 것도 없는 물을 탈탈 탈탈탈
다랑논에 대다 말고 애꿎은 삽자루 내던진다

독자갈 많고 비좁아 안 갈아주겠다던 다랑논,
아쉰 소리 해가며 트랙터 대서 갈아놓았지만
이대로 비 안 오면 말짱 헛수고 될 판이다

72

귀한 다랑논에 뒤늦은 풀농사나 지을 판국이다

구순 넘긴 동네 노인네 션찮은 오줌이라도
받아다가 보태야 할 지경이 넘어서야 비가 친다
땅도 땀도 거짓부렁 안헐 것이네그려, 트랙터가 진즉
펴 읽고 간 다랑논에 거짓말처럼 물 밑줄이 그어진다

징글징글헌 농사 올해까정만 짓고 딱 놓을 것이여,
칠순 넘긴 수낫골양반이 해마다 하는 뻔한 거짓말에도
피식피식 물 밑줄을 치며 다랑논에 단비가 든다

# 팽나무 청과상회

팽팽하던 팽나무가 한여름 땡볕에
어깨를 축축 늘어뜨리는 한낮이다

잘나가던 한때는
한때 지나가기 마련이라고
이제는 쪼글쪼글 늙어 션찮아진
팽나무 골목 청과상회, 색이 누렇게 바랜
차일의 다리는 자꾸만 바깥으로 휘어진다

그렇다고는 해도
흥성흥성하던 시절이나
마냥 떠올리고 있을 수는 없어
팽나무 골목 청과상회 늙은 안주인은
머리 맞대어 수박을 놓고 그 옆으로
각양각색 뻥튀기까지 들였지만
김이 빠지기는 매한가지다

일없이 부채질이나 하던
팽나무 골목 청과상회 늙은 안주인이

바가지로 물을 그득그득 퍼서 쫙쫙 찌큰다

화들짝 정신 차린 팽나무가
뙤약볕에 오그라든 그늘을
최대한 팽팽하게 잡아 펴서 할매들이
노닥노닥 노는 평상 위로 추슬러올린다

여그 잘 여문 수박 한덩이 줘보소,
평상에서 쉬던 할매들이 수박을 사가자
뻥튀기 봉다리가 들뜰 대로 들뜬다

열무는 처진 몸을 돌려 세우고
연분홍 소쿠리에 든 연분홍 복숭아는
자리를 바꿔 앉으며 엉덩이를 들썩인다

# 풀이 풀을 끌고

풀숲이 일렁이는가 싶더니
강가의 풀이 일제히 달려나간다
풀숲을 헤치면서 풀이 달려나간다
팔다리 어깨 흔들며 풀이 달려나간다
사랑을 잃은 사내가
해 질 녘 강가를 달릴 때처럼
풀숲을 헤매다가 풀이 달려나간다
풀숲을 헤집으며 풀이 달려나간다
무릎이 깨지고 이마가 쓸려도
이 악물고 우격다짐으로 달려나간다
비바람을 등지고 풀이 달려나간다
빗물을 털어내며 풀이 달려나간다
강가에 줄지어 선 버드나무를 흔들고
미루나무 허리를 휘청이며 풀이 달려나간다
강줄기를 따라 풀이 풀을 끌고 달려나간다
우두커니 앉아 있는 바위를 뛰어넘고
풀을 뜯다 울어대는 염소를 뛰어넘어
앞서거니 뒤서거니
강마을 외딴집 대숲을 흔들며 풀이 달려나간다

강물이 휘고 산자락이 흔들리게 풀이 달려나간다
사랑을 잃은 사내처럼 귀 먹먹해지도록 울며
풀이 풀을 끌고 달려나간다

# 어떤 대접

눈발이 친다 한바탕 쓸어낸
마당 위로 눈발이 날린다
싱건지나 꺼내 심심하니 밥 먹으려는데
인기척이 들려온다

시인 동상, 눈 옹게 회관이로 밥 묵으러 와!
맨발인 내가 신발을 신기도 전에
바우양반은 씨익, 마당을 벗어나고 있다
일하는 손도 걷는 발도 하여간 빠른 바우양반

나를 항상 '동상'이라 살갑게 부르는
바우양반은 나와 스무살 차이도 더 난다

마을회관은 그새 왁자하다 나는
내 몫으로 푼 시래깃국을 받는다
받고 보니 내 국그릇만 대접이다
다른 국그릇보다 두어배쯤 큰 대접,

먹다 모자라면 더 달라 하는 말

들으면서 나는 반주 한잔씩 올린다
바우성님 한잔 더 허셔야지요,
말은 못하고 그저 싱겁게 웃으면서

뒤시간 장작을 팬 사내처럼
땔나무 서너짐 한 사내처럼
밥그릇과 국그릇을 싹싹 비운다

# 푸른 구멍

떡갈나무 이파리에 구멍이 뚫려 있다
어느 애벌레의 날개를 키워주었을 구멍

내 고향 정읍 산내 하례마을에서는
떡갈나무를 떡가랑나무라 불렀다
아버지는 논두렁에서 풀을 한짐 베어다놓고는
어머니와 함께 떡가랑잎을 따러 산에 올랐다
쉬는 날에는 조무래기인 우리도 따라나섰다
소금실재 골짝으로도 가고 제실재 골짝으로도 갔다

한번은 제실재 골짝에서 떡가랑잎을 따다가
산속 바위에 누워 깜박 잠이 든 적이 있다
멀뚱멀뚱, 내가 눈을 떴을 때는
검푸른 어둠이 비탈을 따라 내려오고 있었다
어머니는 내 등짝을 때리며 울었고
형과 누나들은 소가지를 내며 가슴을 쓸었다
아버지는 말없이 떡가랑잎 그득 실린 지게를 졌다

어머니는 가마솥에 저릅대와 지푸라기를 깔고는

그 위에 떡가랑잎을 차곡차곡 쟁였다
물을 몇바가지 휘휘 붓고는 아궁이에 불을 붙여
시루떡을 쪄내듯 떡가랑잎을 쪄냈다 쪄서 말린
떡가랑잎은 바다 건너 나라로 수출한다며
한생이양반네가 모조리 사갔는데
떡가랑잎 찌는 냄새가 올라온다 싶으면
외양간 암소는 엄매 엄매 울어댔다
벌레 먹은 떡가랑잎은 보이는 대로 골라냈는데
떡가랑잎 구멍을 눈에 대고 산 너머 하늘을 보기도 했다

어느 애벌레의 날개가 되어주었을 구멍
어느 애벌레의 날개가 되어 날아갔을 구멍

# 나이

나이 들어간다는 것은
중심에서 점점 멀어진다는 것

먼 기억을 중심에 두고
둥글둥글 살아간다는 것

무심히 젖는 일에 익숙해진다는 것

# 소한(小寒) 밤

장작불을 쬔다 옛날이야기를 들려주던 외할매와 외할
매 흰 머리카락을 뽑아 화롯불에 던져보던 산골 꼬맹이와
그새 마흔일곱이 된 내가 장작불을 쬔다

툭툭 타오르던 장작불은 이내 시들고 외할매와 산골 꼬
맹이와 옛날이야기는 흰 머리카락 타는 소리처럼 사라지
고 나는 그만 잠을 청하러 간다

# 누가 더 깝깝허까이

강원도 산골 어디서 어지간히 부렸다던 일소를
철산양반이 단단히 값을 쳐주고 사왔다
한데 사달이 났다 워워 핫따매 워워랑께,
내나 같은 말일 것 같은데
일소가 아랫녘 말을 통 알아듣지 못한다
흐미 어쩌야 쓰까이, 일소는 일소대로 갑갑하고
철산양반은 철산양반대로 속이 터진다
일소를 판 원주인에게 전화를 넣어봐도
돌아오는 대답은 저번참과 똑같단다
그 소, 날래 일 잘했드래요

# 갈미할매와 내 신수(身數)

갈미할매는 탱자나무 울타리가 둘러쳐진 기와집에 살
았다
어린 나는 어디서 놀든 오줌이 마려우면 갈미할매네 집
으로 가서
놋요강에 오줌을 누었다 내 오줌만 따로 받아
오리알을 담가 먹기도 했던 옆집 갈미할매는
인근서 알아주는 점쟁이였으나 내겐 그냥
외할매나 진배없는 할매였다 갈미할매는
정월 초하루와 초이튿날엔 신수를 봐주지 않았다
먼 타관에서 왔으니 한번만 봐달라고 매달려도
매몰차게 내보냈다 해마다 정월 초사흘 이른 아침이면
어매는
어김없이 갈미할매네 집으로 가서 식구들의 신수를 보
고 왔다
내가 아홉살이 되던 해에 신수를 보고 온 어매는
개복숭아나무 동쪽 가지를 꺾어오라고 했다 나한테 고
얀 액이 들어
초이레나 초여드레에 액막이를 해야 한다고 했다
치매밭골로 나가는 내게 꼭 동쪽 가지여야 한다고

어매는 몇번이나 당부했다 피잇 동쪽도 모를까봐서
동쪽은 그냥 해 뜨는 쪽인데 내가 뭐 등신인가,
동리서 가장 실한 개복숭아나무는 치매밭골
고추밭 윗머리에 있었다 털 숭숭한 개복숭아를 따 먹던
개복숭아나무는 빈 가지만 앙상했다 꽁꽁 언 손으로
동쪽으로 뻗은 가지를 한묶음 꺾어 집으로 갔다
옳게 분질러 왔냐, 어매는 농짝에서 한지 조각을 꺼내더니
거기에 말 그림을 그리라고 했다 나는
연필로 말 그림을 얼마나 고쳐 그렸는지 모른다
매번 다 그려놓고 보면 개 같기도 했고 노루 같기도 했
다 그러다가는
목덜미 뒤로 갈기를 그려넣으니 그제야 말 같았다
초이레 초저녁, 어매는 솥단지에 물을 가득 붓고는 불을
지폈다
날이 아주 어두워지자 어매는 나를 정지로 데려갔다 목
간통에
나를 넣고 씻기기 시작했다 물이 뜨겁다고
등이 따갑다고 물이 식어서 춥다고 떼를 썼지만
여느 때와는 달리 조금도 봐주지 않았다 목간을

마친 나는 어매 목덜미를 꽉 껴안고 방으로 들어갔다 내가
솜이불에 파고들자 어매는 다시 옷을 홀딱 벗었다
초사흗날 꺾어온 개복숭아나무 가지를 꺼내들더니
무슨 주문을 외듯 중얼중얼 내 알몸에 쳐댔다
머리부터 발끝까지 찰찰 찰찰찰찰 때리더니
말 그림을 베개에 넣어주고는 그걸 베고 자게 했다
곧 나는 잠에 들었다 끔뻑끔뻑 눈을 떴을 때 어매는
동이 트기 전에 말 그림을 마당에 나가 태우니
말이 순식간에 하늘로 달려나갔다며 좋아하셨다 인자
되았다,
　동틀 무렵엔 치매밭골 또랑으로 가서 개복숭아나무 가
지를
떠워보냈는데, 여간 잘 떠내려가는 게 아니라고 했다
그렇게 해서 내 액막이는 초여드레 아침에 끝났다
내가 오줌을 보태러 갈미할매네 집에 가니
김이 폴폴 나는 놋세숫대야에 세수를 하던 갈미할매는
아조 잘되았구만, 했다 나는 놋요강에다 신나게 오줌을
누었다

# 도라지

도랑 넓히면서 얻은 흙을 모아
밭머리에 제법 널찍한 두둑을 만들었다
열무를 심을까 배추를 심을까,
집에 들른 늙은 어머니가 도라지씨를 뿌리고 갔다

잔기침하던 고모를 따라
치매밭골에 도라지를 캐러 간 적이 있다
도라지를 돌가지라 부르던 고모는
치매밭골 골짝에서 도라지를 잘도 찾아냈지만
무덤에 난 백도라지를 발견한 건 나어린 나였다

무덤에 핀 백도라지꽃은 셋이었다
고모 고모, 고거는 캐지 마요
야, 봐라, 백돌가지가 더 좋은 법이여
무너지는 무덤에 핀 백도라지꽃도
무너지는 무덤에서 아무렇지도 않게
백도라지를 캐던 고모도
무너지는 무덤에 뱉어지던 고모의 잔기침 소리도
오싹오싹 무서워져왔다

거짓말처럼 잔기침이 잦아든 고모는
몇해 지나지 않아 맥박도 잔기침처럼 멎었다
어른이 된 뒤로 네댓번인가 나는
고모 산소를 벌초하러 간 적이 있는데
그때마다 무덤에서 백도라지를 캐던 고모가 떠올랐다

아침부터 비가 치는가 싶더니
잠시 볕이 나서 호미를 들고 도라지밭에 든다
어쩐지 나는 지금도 백도라지꽃이 무섭다

# 비닐하우스

시골집 수돗가 옆에는 비닐하우스가 있다

설 쇠러 시골집에 내려온 나는
문이 비스듬히 열린 비닐하우스에 들어
돼지감자 볶아 끓인 물을 마신다

손바닥만 한 밭이 되기도 하고
곳간이나 방이 되기도 하는 이 비닐하우스는
낮에는 노모와 참새가 쓰고 밤에는 고양이가 쓴다
지난 늦가을에는 집 나온 동네 오리 서너마리가
비닐하우스 안을 조져놓고 가기도 했다고 한다

이 작은 비닐하우스 안에는
노모가 소일할 때 깔고 앉는 방석이 놓여 있고
참새를 위한 왕겨와 깻대 묶음이 쌓여 있다
낮에도 개지 않는 헌 이불은 골목 고양이의 것이다

천장 아래쪽에 걸쳐진 장대에는
지푸라기로 묶은 메주가 익어간다

소쿠리에 담긴 씨옥수수는 이가 야무지고
가장자리에 심어진 쪽파와 대파는 줄기가 튼실하다

노모가 앉는 방석에 앉아 볕을 쬐다보니
청상추 같은 졸음이 몰려온다
자울자울 기분 좋게 몰려오는 잠을
비닐하우스 밖, 까치가 쪼아댄다

은행나무에 앉은 까치는 둥지를 수리하고 있다
한마리는 총총거리며 망을 보고
다른 한마리는 나뭇가지를 덧엮느라 부지런 떤다
뒷머리 긁적긁적 자리 털고 일어난 나는

방석을 들고 나와, 졸음과 함께 탈탈 털어본다

# 토란

친구네 시골집에 친구와 함께 매실을 따러 갔다

매실을 두시간 남짓 따고 씻다가 보니
수돗가에 검은 비닐봉지 하나가 놓여 있었다
열어보니 토란이었다 쪼글쪼글 말랐으나
연둣빛 순을 삐죽삐죽 내밀고 있는 토란,
모르긴 해도 친구 어머니가 심으려 내놓았다가
미처 심지 못한 토란인 성싶었다

시골집에 혼자 남아 농사일을 하던
친구 어머니는 큰딸네 집에 가고 없었다
지난 삼월, 허리를 다쳐 입원했다가 나오는 길에
큰딸네로 갔는데 여태 내려오지 않고 있었다

매실을 얻어오면서 나는 토란을 좀 챙겨왔다
다른 집 토란은 이미 한창 크고 있었지만
시기를 아주 놓친 것 같지는 않아
친구네 빈 시골집에서 가져온 토란을
물에 하루 불렸다가 유월 초이레에 놓았다

두그루 가죽나무가 그늘을 내리는 뒤란,
돌담 근방 땅에 드문드문 토란을 심었다

지난 삼월, 허리를 다쳤던 친구 어머니는
병원에 간 김에 다른 검사를 받아보다가
이미 손쓸 수 없는 암을 발견했다 한다
차마 엄니한텐 말 못하겠더라, 친구는 말했다

한 이주일 지나니 토란 싹이 제법 올라왔다
풀을 매줘야 할 것 같아 미루던 풀을 잡는데
가죽나무 하얀 꽃이 싸라기처럼 투두둑 툭툭
쏟아졌다 곧 장마가 시작되었고 토란은
좀 늦긴 했어도 힘을 제법 받기 시작했다

칠월 사일인 어제는 밤새 장맛비가 쳤다
빗길 조문을 다녀온 나는 뒤란으로 가
토란잎에 고여 있는 물을 툭툭 털어보았다

# 왕언니

그녀의 다른 이름은 왕언니다 나이가 제일 많아 왕언니
고 일을 제일 오래해 왕언니다 따져보면 하찮은 일이나,
곁에 있는 사람들은 푼돈을 모아 놀러 갈 때도 술 한잔 받
아 마실 때도 밥 한끼 사먹을 때도 왕언니 왕언니 우리 왕
언니, 왕언니인 그녀부터 챙긴다

그녀는 원래 천구백삼십칠년 소띠인데 천구백사십이년
말띠로 호적이 올려졌다 때문에 그녀는 정년을 넘기고도
일터에서 오년이나 더 소처럼 일하고 말처럼 뛸 수 있었
다 그녀는 그걸 늘 고마워했다 호적이 오년이나 늦게 올려
진 것을 두고두고 감사해했다 왕언니, 막둥이 아들이 시인
되었담서? 하여튼 아들내미 시집은 내가 거저먹기로 내줄
팅게 걱정 말어,라고 말한 사람은 인문관 복사집 아저씨였
다 아저씨까지도 왕언니라 부르다니

내가 대학원까지 마치고 나온 대학의 청소노동자였던
왕언니는 울 어매의 또다른 이름이다 일흔한살까지 청소
노동자로 일한 왕언니, 이 이름은 여전히 나를 가장 무기
력하고 아프게 만드는 이름이지만 오늘은 나도 그렇게 불

러본다 왕언니, 왕언니는 왕언니니까 아프지도 말고 늙지
도 말고 쭈욱 왕언니로 살아 응? 왕언니!

제 4 부

## 눈물

  내 눈물이 아닌 다른 눈물이 내게 와서 머물다 갈 때가
있어 내가 아닌 다른 사람이 내 안에 들어 울다 갈 때가
있어

# 솔잎이 우리에게

봤지? 눈발을 받아내는 건 떡갈나무 이파리같이 넓은
잎이 아니야 바늘 같은 것들이 모여 결국엔 거대한 눈발도
받아내는 거지

# 백일홍

박새가 이팝나무 아래 우체통에 둥지를 틀었다
하얀 이팝나무꽃이 고봉으로 퍼질 무렵, 박새는 알을 낳
았다

희망 촛불에서 받아온 '희망 씨앗'을 심는다
벽화동우회 '새봄' 식구들이
정읍우체국 앞에서 나눠주던 씨앗, 박새네 집 옆에 심는다

초췌한 얼굴이었다 눈에는
투명한 물방울이 아슬아슬 맺혀 있었다 가까스로
서 있는 유가족의 다리는 위태로워 보였다
하고픈 말이 너무 많은 입은 차라리 마스크로 가리고 있
었다

앙다문 입을 가린 흰 마스크가
흘러내리는 물을 빨아들였다 콧잔등을 타고
흘러내린 물은 분명 피눈물이었으나,
핏기 없는 낯빛에서 나오는 물이기에 탁할 수조차 없었다
세월호 참사 희생자 합동분향소 안쪽,

깜장 치마에 깜장 양말 깜장 구두 신고 조문 온
앞줄의 여자아이가 울었다 엄마 아빠 손잡고 울었다
사내아이의 거침없는 울음소리도 두어줄 뒤쪽에서 보
태졌다
가만히 있으라? 가만히 있을 수 없는 사람들은 거리로
나갔다

부디 백일 천일 살아 있으라
여러 꽃씨 중 고심 끝에 골랐던 백일홍,
우체국 앞에서 받아온 씨앗을 우체통 옆에 심는다
아이들아 분홍 하양 노랑 주홍 피어나렴,
안산에 조문 갔을 때 따라온 '노랑나비'가
이팝나무 아래 빨강 우체통에 매달려 꽃을 기다린다

거름 한줌 보태고 일어서는 나와 눈 마주친 어미 박새,
까만 눈조차 끔쩍이지 않고 알을 품는다

# 배추꽃

시골집 다녀오는 길에
텃밭에서 겨울을 난 배추 캐왔다

겉절이를 하거나 쌈을 싸는
저녁은 생각만으로도 달았지만
노모가 챙겨준 반찬만 꺼내도
저녁 식탁은 어지간히 푸짐했다

비닐봉지에 들어 있던 봄동,
배추는 그새 꽃대를 내밀고는
겉절이도 쌈도 거부하고
지 맘대로 꽃으로 돌아갔다

꽃대 당당히 밀어올리고는
고추장이나 된장 따위 말고
화병과 물을 내놓으라 했다

꽃병이 어디에 있더라,
하루걸러 물 갈아주지 않으면

유리병 뿌옇게 까탈 부렸다

배추를 캐온 게 아니라
까탈스러운 꽃을 모셔왔구나,
물이 탁해진다 싶으면 얼른
병 씻고 물 바꿔줘야 했다

배추꽃은 배추꽃답게 꽃대
겨드랑이 사이로 새 꽃대 내밀어댔다
아침에 일어나 커튼을 걷어주면

순식간에 몰려온 햇살이 앵앵
왱왱, 샛노란 배추꽃에 달라붙었다

# 짠물 주름

어머니 몸 안에는
짜내지 못한 짠물이 너무 많아,

어머니는 오이장아찌처럼 오글쪼글해지고 있네

# 수첩에는 수첩

제1차 촛불, 10월 29일 청계광장
304낭독회에 목소리 보태러 갔다가
몇발짝 걸음을 보태, 촛불로 향했다

제2차 촛불, 11월 5일 전주 오거리
익산 '까페 키노'에서 행사가 있었다
외면할 수 없어, 가까운 전주로 갔다

제3차 촛불, 11월 12일 서울시청광장
민중총궐기, 안상학 시인을 만나려 했으나
몇십 미터 움직이는 것조차 만만치 않았다

제4차 촛불, 11월 19일 광화문광장
문동만 시인을 따라다니니 한결 수월했다
송경동 시인한테서 '하야하락' 셔츠를 샀다

제5차 촛불, 11월 26일 광화문광장
안도현 시인이 전자촛불을 들고 있었다
한창훈 소설가를 따라 청와대 앞으로 갔다

제6차 촛불, 12월 3일 정읍 원협 앞
아버지 음력 기일이어서 고향에 갔다
정읍 촛불에서는 동학농민혁명 냄새가 났다

제7차 촛불, 12월 10일 전주 객사 앞
전주 모임에 갔다가 광장으로 나갔다
촛불로 닭을 삶았던 사람들을 만났다

제8차 촛불, 12월 17일 광화문광장
사람들 간격이 조금은 넓어져 있었다
어쩐지 속이 허해서 어묵을 사먹었다

제9차 촛불, 12월 24일 광화문광장
딸애는 아침부터 즐거운 걱정을 했다
가족과 함께 광장에서 성탄 전야를 보냈다

제10차 촛불, 12월 31일 전주 풍남문광장
길 위의 문학 콘서트, 사람들이 몰려왔다

전주는 전주답게 판소리 촛불을 이어갔다

헌재 탄핵 가결, 나쁜 대통령 즉각 구속……
딸애에게 줄 새해 선물 목록을 써보았다

# 석구상(石狗像)

웃을 일 없이 무료해지는 날에는 호암산에 오른다
불영암 뒤 산마루에 앉아 있는 석구상 만나러 간다

아침나절이나 오후 무렵 아무 때나 찾아가도
짧은 앞다리 세우고 앉아 귀로 웃어주는 석구상,
하냥 웃고만 살다 가기에도 아쉬운 게 삶이라고
엉덩이 대고 앉아 입꼬리 올리며 매번 반겨준다

처음에는 아니 한동안은 해태상인 줄 알았다지
조선 때부터 줄곧 웃는 일에 매진했을 석구상,
신갈나무나 느티나무 그늘에 들어 웃고 있곤 했다
상수리나무한테서 얻은 실한 상수리가 제법
되던 날에는 청설모를 데려와 같이 미소 지었다

팥배나무 붉은 열매가 유독 붉어 보이던 폭설에도
산벚나무 하얀 꽃잎이 하얗게 흩날리던 봄날에도
석구상은 넓은 이마 넉넉하게 내밀고 귀로 웃었다
불영암에 사는 백구가 철없는 새끼들을 데리고 와
한바탕 놀다 갈 때에도 석구상은 연방 귀로 웃었다

산머리에 있는 석구상을 처음 보는 사람들은 대체로
볼 위에 붙은 귀가 눈인 줄 안다 하지만 그러면 어떤가
웃는 귀를 보고 슬며시 미소 지으면 그만이지
귀 안쪽으로 눈이 새겨져 있다는 걸 뒤늦게 알고
또 한번 슬몃슬몃 멋쩍은 웃음 지어 보이면 그만이지
귀로 웃는 웃음을 얻어 내려오면 그만이지 화나는 말을
듣고도 웃을 수 있는 귀를 얻어 내려오면 그만이지

입꼬리 당기며 귀로 환히 웃는 이 개를 만나려면
서울시 금천구 시흥동 산93-2번지에 닿으면 된다
시흥계곡을 타고 올라도 되고 구름발치길로 가도 된다

## 스무날 두어시간

    스무날 넘게 딱 붙어 끙끙거려도 티도 안 나던 농사일,
보다 못한 전문가 둘이 와서 두어시간 만에 끝내고 간다
내가 갈퀴를 들고 갈팡질팡하는 사이, 상구성님은 예초기
돌리고 순기성님은 씨앗 뿌려 문제를 해결하고 간다

# 이웃

새터할매네 매실나무 가지가
텃밭 드는 길 쪽으로 넘어왔다

가지를 뻗고 몸을 낮추는가 싶더니
우리 집 텃밭으로 드는 길을 딱 막고
매실을 주렁주렁 욕심껏 매달았다
내 것이 아니어도 오지고 오진 매실,
새터할매 허리 높이에서 마침맞게 익어갔다

새터할매가 매실을 따간 뒤에, 나는
매실나무 가지 밑에 바지랑대를 세워
막혀 있던 길을 열어보았다

우리 집 호박 줄기는
지난해에도 지지난해에도, 지 밭 놔두고
새터할매네 밭으로만 기어들어가 잘 살았다

# 또 하루

날이 맑고 하늘이 높아 빨래를 해 널었다
바쁠 일이 없어 찔레꽃 냄새를 맡으며 걸었다
텃밭 상추를 뜯어 노모가 싸준 된장에 싸 먹었다
구절초밭 풀을 매다가 오동나무 아래 들어 쉬었다
종연이양반이 염소에게 먹일 풀을 베어가고 있었다
사람은 뒷모습이 아름다워야 한다고 생각했다

# 호모포에티쿠스의 귀환을 위하여

### 문신

## 1

늦은 오후, 기습처럼 폭우가 쏟아지다가 일찍 저물어버린 날이었다. 혼자 시를 읽고 있자니 멀리서 어떤 기척이 다가오는 것 같았다. 그것은 무심코 눈이 마주친 낯선 사람의 미소처럼 가벼운 영감을 불러일으켰다. 이것을 저녁의 기척이라고 해야 할까. 읽던 시에서 눈을 거두어들이고 귀에 온 신경을 모았다. 기척은 문 앞에서 뚝 그쳤다. 빗방울 하나가 처마 끝에서 툭 떨어져내린 후 찾아든 적막처럼 귓속이 고요해졌다. 이윽고 "집이 누구 지시오? 집이 누구 지시오?//(⋯)//집이는 밤낭구랑 대추낭구 욚지?"(「행복한 옥신각신」) 하는 '가춘할매'의 목소리가 문틈으로 스며들었다. 맞다. 그렇게 모든 것은 스며들었다. 빗줄기의 가지런함이 마른 바닥에 스미듯 어떤 삶과 어떤 사연과 어떤 침

묵이 고요 속으로 스며들었다. 그렇게 스며든 기척들이 종국에는 한편의 시가 될 것이다.

박성우의 『웃는 연습』을 읽는 동안 서로에게 스며드는 것들을 생각했다. 스며든다는 것은 어떤 틈을 발견하는 운명이고, 그 틈으로 모든 것을 밀어넣는 투쟁이다. 그러나 결코 서두르지 않는다. 낯선 감각과 감정이 서로에게 다가가는 순간만큼 팽팽해지는 간격은 없다. 두 힘의 장력이 발산하는 긴장 속에서 박성우는 스미는 것들이 서로를 향하는 조심스러운 기척의 최대를 포착해낸다. "집이 누구지시오?"라는 가춘할매의 타진이 그렇다. 이 순간은 꼭 그래야만 하는 필연적 만남이라기보다는 불현듯 나타난 우연성에 기댄다. 우연성의 발화는 역설적이게도 어긋나지 않는 운명의 실현이기도 하다. 우리가 믿고 있듯, 운명은 우연의 힘으로 하나의 세계를 형성해나간다. 그것은 싸르트르가 "세계의 근본적 차원 가운데 하나"라고 말했던 바로 그 우연성이다. 근본적으로 우연과 운명은 서로를 향해 조심스럽게 스며드는 것이다. 박성우는 이질적인 두 존재의 우연한 만남을 운명의 시어로 포섭해낸다.

내 눈물이 아닌 다른 눈물이 내게 와서 머물다 갈 때
가 있어 내가 아닌 다른 사람이 내 안에 들어 울다 갈 때
가 있어

—「눈물」 전문

114

이 시에서 "다른 눈물이 내게 와서 머물다"가는 구체적이고 필연적인 이유는 드러나지 않는다. "내가 아닌 다른 사람"이 누구인지도 밝히지 않는다. 시적 사건의 원인이 부재하고 그 결과를 짐작하지 않는 것은 두 존재가 운명 같은 우연으로 스며들었다는 증거다. 우연하게 스며드는 순간 그것은 거부할 수 없는 운명이 된다. 그러나 이 시에서 스미는 순간에 발생하는 존재론적 각성이나 의미의 파장은 포섭되지 않는다. 중요한 것은 "때가 있어"라는 진술이다. 무심한 듯 발화되는 이 진술 속에 박성우의 시적 방법론이 감추어져 있다. 그에게 시는 두 존재의 만남 자체이지 만남이 남긴 흔적이나 사건의 파장은 아니다.

사건의 파장은 시를 읽고 난 독자의 몫이다. 『웃는 연습』을 읽는 동안 저녁의 무늬는 숨결처럼 변해갔고, 시는 먼 별빛처럼 까마득하면서도 뚜렷하게 눈을 떴다. 그것은 부정한 세태를 향한 날카로운 눈매인가(「카드 키드」 「넥타이」 「백일홍」 「수첩에는 수첩」 등) 하면 위로받아야 할 사람들을 품어 안는 따뜻한 위안(「겨울 안부」 「소년에게」 「고추, 우선 도로」 등)이었다. 때로는 외로운 사람과 나란히 걷는 발걸음(「마흔」 「나이」 「도라지」 등)이기도 했다. "내 속을 가장 잘 아는 이는 칫솔과 숟가락이다"(「칫솔과 숟가락」)라는 짧은 시를 읽고는 그만 서늘해지고 말았다. 잘 아는 일이란 저렇듯 속으로 스며들지 않고는 가능하지 않은 일이기 때문이다.

이처럼 박성우는 시를 통해 독자의 내부로 스며들고자 한다. 그러나 그의 시가 간절하게 겨냥하는 대상은 따로 있다. 시적 감수성으로 충만했고, 시의 언덕을 한달음에 내달리기도 했으나 지금은 희미하게 그 흔적만 간직하고 있는 사람들이다. 사는 일에 치여 꿈을 놓아버린 사람들. 퇴화해버린 꿈의 흔적을 더듬고 있는 사람들. 그들은 멸망해버린 시 왕조의 가솔처럼 뿔뿔이 흩어져 숨죽인 채 살고 있다. 박성우의 시적 여정은 그들을 찾아나선 수행의 길이었다. 그리하여 마침내 한 고비의 끝에서 『웃는 연습』을 수행록으로 삼으니, 그간의 행적을 요약하자면 이렇다. "내 몸이 길어져서 짧은 하루였다"(「뱀」). 한 행에 불과하지만, 이 시는 '몸-하루'의 '긴-짧은' 불편한 동시성을 통해 역동적인 틈을 만들어낸다. 박성우의 시는 이 틈에서 탄생하며, 틈을 빠져나오는 최초의 목소리를 우리는 이렇게 듣는다.

"시민(詩民, homo poeticus) 여러분, 우리에게는 박성우가 있습니다."


2


시적 인간, 즉 호모포에티쿠스는 어떻게 존재하는가? 그들이 존재하는 목적은 무엇인가? 이 물음은 시집 『웃는

116

연습』이 일관되게 품고 있는 질문들이다. 그것은 박성우가 시마다 점지해놓은 운명의 별자리이기도 하다. 박성우는 이 물음을 던지며 이 세계의 견고함에 틈을 만든다. "커진 입이 나를 뛰게 한"(「개구리」) 것처럼, 틈이 벌어질수록 삶의 맥박은 빨라지고 호모포에티쿠스의 귀환은 자명해진다.


마을버스 정류장 모퉁이에 구둣방이 있다
한사람이 앉을 수는 있으나
누울 수는 없는 크기를 가진 구둣방이다


늦은 점심을 먹고 구둣방에 갔을 때였다
구둣방 할아버지는 수선용 망치로
검정 하이힐 굽을 두드리고 있었는데
웬일인지 구둣방 귀퉁이에
짜장면 빈 그릇 세개가 포개져 놓여 있었다


어, 이거? 구둣방 할아버지는
위쪽 빵집 젊은 사장과
아래쪽 만두가게 아저씨가 와서
짜장면 송년회를 해주고 갔다고 했다
구둣방이 좁아 둘은 서서 먹고
구둣방 할아버지는 앉아서 먹었단다

구둣방 왼편에 놓인 서랍장 위에는
케이크 한조각이 얌전히 올려져 있었다
검정 구두약 통 두개와
한뼘 반 정도 거리를 두고 있는
하얀 생크림 케이크 한조각,
누가 놓고 간 거냐고 묻지 않아도
누가 놓고 간 것인지 알 수 있는

아내의 구두를 구둣방에 맡긴 나는
빵집으로 가서 빵 몇개를 골라 나왔다
아내의 구두를 찾아갈 때는
만두가게에 들러봐야겠다고
생각해보는 것만으로도 세밑이 따뜻해져왔다

—「짜장면과 케이크」전문

　이유야 어쨌든, 한때 거리에 넘쳐났던 호모포에티쿠스
들이 종적을 감춘 후 혹독하고 삭막한 시절을 우리는 견
뎌왔다. 시의 세계로 들어가는 비밀의 문에는 자물쇠가 굳
게 채워졌고, 시의 여정을 떠나는 순례객들의 발길도 뜸해
진 지 오래다. 호모포에티쿠스들은 자본의 뿔피리 소리를
따라 미지의 암흑 속으로 사라지고 말았다. 기원전 철(哲)
의 공화국에서처럼, 시와 시인은 21세기 자본주의와 위태

로운 동거를 해오고 있다. 물론 그러는 동안에도 저 어두
컴컴한 자본주의의 그늘에서 시적 모색과 운동이 첨예하
게 꿈틀거렸음을 모르지 않는다. 그러나 탐색과 탐침의 나
날이 흘러가는 동안 가엾은 호모포에티쿠스들은 시와 결
별하게 되었고 마침내 정처를 잃어버렸다(고 생각한다).
그러나 박성우는 "마을버스 정류장 모퉁이"에 있는 조그
마한 "구둣방"에서 기어이 유물처럼 바래가는 호모포에티
쿠스들을 찾아냈다. "구둣방 할아버지", "빵집 젊은 사장",
"만두가게 아저씨"가 그들이다. 그들은 은밀한 집회라도
하듯 좁은 '구둣방'에 모여 "짜장면 송년회"를 벌이는데,
가만 보면 호모포에티쿠스는 그들만이 아니다. "구둣방
왼편에 놓인 서랍장 위에는/케이크 한조각이 얌전히 올려
져 있"는데, 묻지 않아도 그 케이크를 "누가 놓고 간 것인
지 알 수 있"다. 오랜 옛날부터 호모포에티쿠스들은 그렇
듯 따뜻한 흔적을 남기는 존재였다. 세밑을 맞이한 호모포
에티쿠스들이 '짜장면'과 '케이크'로 서로를 위무하고 격
려하면서 동질감을 확보하고 있는 이 시는 시인으로 하여
금 또다른 호모포에티쿠스를 찾아나서게 한다. 그리하여
"빵 몇개를" 고르거나 "만두가게에 들러봐야겠다고/생각
해보는 것만으로도" "따뜻해"질 수 있는 시민(詩民)들의
연대가 "검정 구두약"과 "하얀 생크림 케이크"의 낯선 배
치에도 스스럼없이 스며든다. 이 모든 일은 박성우가 찾아
나선 호모포에티쿠스들, 다시 말해 자본주의를 향한 우리

119

시대의 작은 틈들이 만들어낸 연대의 무늬다.

　　우편물을 들고 처마로 드는
　　우체부에게서 찐 옥수수 냄새가 난다

　　등기우편물 전해주고 가는 우체부
　　오토바이가 호두나무 골목으로 꺾인다

　　젖은 우편물을 뜯어보는 동안
　　우체부 오토바이 소리는 아주 멀어진다
　　　　　　　　　　　　　　　　—「옥수수 비」부분

　　금수양반 종연이양반 바우양반
　　이장님 전 이장님 전전 이장님
　　예초기 뒤를 번갈아 따르며
　　길 안쪽으로 퉁겨진 풀을 쓸어낸다

　　등허리 축축하게 길을 쓸고 집으로 들다보니
　　안 쳐도 되는 우리 집 마당 앞 풀을
　　누군가가 참 깨끗하게도 싹싹, 쳐두었다
　　　　　　　　　　　　　　　　　　—「풀」부분

　"등기우편물 전해주고 가는 우체부"도, "금수양반 종연

이양반 바우양반/이장님 전 이장님 전전 이장님"도 호모
포에티쿠스다. 그러나 눈여겨볼 것은 "안 쳐도 되는 우리
집 마당 앞 풀을" "참 깨끗하게도 싹싹, 쳐"준 "누군가"이
다. 여전히 우리 시대의 숨은 호모포에티쿠스들이 많다는
뜻이다. 그들은 "화장실 바깥벽과 가죽나무 둥치 타고 오
르던 환삼덩굴까지 말끔하게 걷어내"(「금수양반」)주고, "텃
밭 옆 비닐하우스에 대강 넣어둔/육쪽마늘과 벌마늘을 엮
어두고"(「고마운 무단침입」) 가고, "뭐라도 자셔감서 일허라
고/과일보자기 두고 가"(「어떤 방문」)는 사람들이다. 박성
우는 '누군가'의 익명성 속에 숨어 있는 호모포에티쿠스
들을 용케 찾아낸다. 우리 시대의 시민(詩民)을 알아보는
박성우만의 비법이란 이런 것이다. 그들은 "조팝꽃이 뭐
냐고 물어오는 사람"(「조팝꽃무늬 천」)이 아니라, "어느 폭설
밤에 고라니가 찾아와/콩 순을 따 먹은 게 아니라 밤마다/
콩 순지르기를 하고 간 거라고"(「콩」) 생각하는 사람이다.


3

눈발이 친다 한바탕 쓸어낸
마당 위로 눈발이 날린다
싱건지나 꺼내 심심하니 밥 먹으려는데
인기척이 들려온다

시인 동상, 눈 옹게 회관이로 밥 묵으러 와!
맨발인 내가 신발을 신기도 전에
바우양반은 씨익, 마당을 벗어나고 있다
일하는 손도 걷는 발도 하여간 빠른 바우양반

나를 항상 '동상'이라 살갑게 부르는
바우양반은 나와 스무살 차이도 더 난다

마을회관은 그새 왁자하다 나는
내 몫으로 푼 시래깃국을 받는다
받고 보니 내 국그릇만 대접이다
다른 국그릇보다 두어배쯤 큰 대접,

먹다 모자라면 더 달라 하라는 말
들으면서 나는 반주 한잔씩 올린다
바우성님 한잔 더 허셔야지요,
말은 못하고 그저 싱겁게 웃으면서

뒤시간 장작을 팬 사내처럼
땔나무 서너짐 한 사내처럼
밥그릇과 국그릇을 싹싹 비운다

—「어떤 대접」 전문

스며드는 것들은 항상 기척을 앞세우고 온다. 그 기척은 호모포에티쿠스들만의 언어다. 이 기척을 알아채지 못하면 스며들 수 없고, 또 스며들도록 틈을 내줄 수도 없다. 이 시에서 "바우양반"보다 먼저 다가오는 것은 "인기척"이다. 기척은 언제나 앞서 살펴가는 척후병으로서의 소임을 다한다. 스며들기 위한 틈을 탐색하는 것이다. 이러한 기척이 있기 때문에 우연한 만남도 운명적인 만남이 된다. 「어떤 대접」은 "말은 못하고 그저 싱겁게 웃으면서" 서로가 서로를 향해 스며드는 기척들의 소란을 무음(無音)으로 포착해낸다. "왁자하"지만 사실 그 왁자함은 "싱겁"기만 하다. 이 시는 목청이 높고 움직임이 커서가 아니라 표정이 다채롭고 마음이 넓어 '왁자'하다. 박성우는 그것을 "대접"의 중의성에 담아낸다. "시래깃국"을 퍼 담아내는 '대접' 속에 "시인 동상"을 '대접'하는 귀한 마음이 담겼다. 그것은 "다른 국그릇보다 두어배쯤 큰 대접"이다. 이러한 '대접'이 스며드는 순간 "나는 반주 한잔씩 올"림으로써 또 그렇게 스며들어간다.

이렇게 자신을 열어주고 서로를 향해 애써주는 마음을 지닌 '양반'들이야말로 호모포에티쿠스가 아닐까? 박성우에 따르면, 다른 사람을 귀하게 여기는 사람들이야말로 가장 귀한 사람들이며, 그들이 바로 양반이자 호모포에티쿠스이다. 『웃는 연습』에 등장하는 양반들은 보통의 푼수를 지닌 사람들이지만, 그들은 은밀하게 서로를 알아보고 스며든다. 박성우는 이 결정적인 순간들을 위대한 포즈로 포착해냄으로써 호모포에티쿠스들의 사도(使徒)이고자 한다. 그런 의미에서 "떡갈나무 이파리에 구멍이 뚫려 있다/어느 애벌레의 날개를 키워주었을 구멍"(「푸른 구멍」)도 양반이고, "짧은 앞다리 세우고 앉아 귀로 웃어주는 석구상"(「석구상」)도 양반이다. "가짜 쟁기를 달아 끌며/금수양반과 함께 밭갈이 연습을" 하는 "이천십오년 삼월생 황순이"(「우리 마을 일소」)도 양반에서 빠질 수 없다.

정읍 김정자는 봉화 김정자 내외에게
장판과 벽지를 새로 한 방을 내주었으나
봉화 김정자는 정읍 김정자 방으로 건너갔다
혼자 자는 김정자를 위해
혼자 자지 않아도 되는 김정자가
내 장인님을 독숙하게 하고
혼자 자는 김정자 방으로 건너가 나란히 누웠다

두 김정자는 잠들지도 않고 긴 밤을 이어갔다
두 김정자가 도란도란 나누는 얘기 소리는
아내와 내가 딸과 함께 자는 방으로도 건너왔다
죽이 잘 맞는 '근당게요'와 '그려이꺼'는
다정다한한 얘기를 꺼내며 애먼 내 잠을 가져갔다
                              —「다정다한 다정다감」 부분

이 시는 호모포에티쿠스들이 스며드는 방식을 압축적으로 보여준다. 호모포에티쿠스들은 '다정'하고 '다한'하며 '다감'하다. 우리는 이처럼 '정(情)'과 '한(恨)'과 '감(感)'이 풍부한 종족들을 알고 있으며, 그들을 일러 '시민(詩民)'이라고 불러왔다. 그들은 서로에게 서로를 "내주"는 사람들이며, 서로 "건너"다니다가 결국에는 "나란히 누"워서 "잠들지도 않고 긴 밤을 이어"가며 "도란도란" "다정다한한 얘기"를 나눈다. 이때 중요한 것은 서로 스며드는 방식이 다르다는 점이다. 이를테면 한쪽이 "근당게요" 하면 다른 쪽에서는 "그려이껴" 하는 것이다. 스며든다는 것은 이처럼 이질적인 것과의 스스럼없는 소통이어야 한다. 그것은 '너'는 '나'가 아니라는 사실을 인정하는 것이고, 그러므로 '너'는 '나'와 같은 가치가 아니라 '너'만의 가치가 있다는 것을 분명하게 한다. "허리가 그냥저냥 펴지는 할매들은/윗가지에 더덕더덕 붙은 오디를 따고/허리가 영 시원찮은 할매들은/아랫가지에 대글대글 달린 오디를 딴다"(「오디」)는 일이 그렇다. 서로 스며드는 것들끼리는 "바늘 같은 것들이 모여 결국엔 거대한 눈발도 받아내는"(「솔잎이 우리에게」) 연대의 운명을 나눈다. 박성우가 호모포에티쿠스들을 찾아나선 이유가 여기에 있다. "가만히 있을 수 없는 사람들"(「백일홍」)끼리 서로의 틈으로 스며들어 단단하게 결속되는 것. 그 연대의 힘이 서

정시의 과거이자 현재이며 미래라는 사실을 박성우는 이
번 시집에서 불가역적으로 확정한다.


4

서정시가 결핍(틈)이라는 존재론적 불안에서 배태된다
는 점, 그리고 그 결핍을 향한 우연한 공감으로 성장해간
다는 점에서 호모포에티쿠스들은 자본주의의 결핍(틈)을
향해 스며드는 서정시라고 할 수 있다. 박성우가 시집 『웃
는 연습』의 제일 원리로 삼은 것이 그것이다. 그에 따르면
우리의 삶을 지탱하는 것은 거대한 이념이나 자본의 기획
이 아니라 그것들의 틈을 오차 없이 메워주는 소소한 일상
이다. 호모포에티쿠스들의 일상은 찬란하지는 않지만 역
사적이고, 호모포에티쿠스들의 스밈은 위대하지는 않지
만 아름답다. 우리가 『웃는 연습』을 읽는 동안 발견하게
되는 것은 이와 같은 역사적이고 아름다운 삶의 순간들이
다. 그러나 기억해야 한다. 도처에서 반짝거리는 일상의
아름다움을 포착해내는 일이 쉽지 않다는 사실을.

늦은 밤 거울 앞에 앉은 사내여, 왜 웃느냐 너는 대체
왜 웃는 연습을 하느냐
— 「마흔」 부분

이 시를 통해 우리는 삶의 역사적 순간들과 아름다운 장면들이 어떻게 시의 언어에 담기게 되었는지 알 수 있다. 그것은 끊임없는 "연습"의 결과이다. 그것도 "웃는 연습"이다. 웃는다는 것은 결핍(틈)을 지닌 누군가를 향해 스며드는 따뜻한 기척 같은 것이다. 이러한 기척의 언어가 박성우 시의 오랜 매력이라는 점을 우리는 잘 안다. 그의 기척은 웬만해서는 (불필요한) 의미와 겸상하지 않는다. 오히려 의미 너머의 삶을 발산하고 환기하며 삶 자체가 된다. 그래서 박성우의 시를 읽고 나면 어떤 생명력이 몸 안에서 꿈틀거리는 것 같다. 박성우의 시민(詩民)들 ── 우리 시대의 호모포에티쿠스들 ── 이 기척의 언어로 타진해오기 때문이다. 그러므로 박성우의 시는 해명되거나 분석되어서는 곤란하다. 그의 시는 의미의 파장을 노리는 것이 아니라, 우연한 접점이 운명으로 전이되는 스밈의 순간에 집중할 뿐이다. 따라서 읽고 공감하면 그뿐이다. 그것이 박성우가 "늦은 밤 거울 앞에 앉"아 "웃는 연습을 하"는 이유이다.

지금 이 순간에도 호모포에티쿠스들은 "먼 기억을 중심에 두고/둥글둥글 살아"(「나이」)가고 있다. 어디선가 느리게 불어오는 저녁의 바람이 있다면, 그것은 '먼 기억의 중심'에서 시작된 기척일 것이고, 그 기척에 귀를 기울이고 있다면 당신은 호모포에티쿠스임에 틀림없다. 그러니 오랫동안 외롭고 쓸쓸했던 당신의 결핍(틈)을 그 기척에 내주어도 좋을 것이다. 온전히 스며들어 당신 또한 누군가를 향하는 시대의 기척이 될 테고, 박성우의 『웃는 연습』은 당신의 기척을 또 어딘가로 밀어갈 테니까.

文信 | 시인·문학평론가

오래전, 이마를 바닥에 대고
눈물범벅으로 기기도 하던 이여.

이제는 이렇듯

유쾌하게 쓸쓸한 밤에 닿아
싱겁게 웃어보기도 하는구나.

2017년 8월
박성우

창비시선 413

## 웃는 연습

초판 1쇄 발행 / 2017년 8월 31일
초판 5쇄 발행 / 2020년 8월 11일

지은이 / 박성우
펴낸이 / 강일우
책임편집 / 김선영
조판 / 황숙화
펴낸곳 / (주)창비
등록 / 1986년 8월 5일 제85호
주소 / 10881 경기도 파주시 회동길 184
전화 / 031-955-3333
팩시밀리 / 영업 031-955-3399 편집 031-955-3400
홈페이지 / www.changbi.com
전자우편 / lit@changbi.com

ⓒ 박성우 2017
ISBN 978-89-364-2413-8 03810